一块
月球碎片的
记忆

这是我个人的一小步，却是人类的一大步

[美]尼尔·奥尔登·阿姆斯特朗 著

[英]格雷厄姆·贝克·史密斯 绘

刘博洋 译

湖南科学技术出版社

长沙

当我还是个孩子的时候,

我梦见我在**高高的天空中,**

只有云彩陪伴着我。

只要我能屏住呼吸、待在梦里,

我就可以一直飞翔。

但我不能**永远**屏住呼吸。

我醒来，看着**月球**从我的窗前飘过，

心里想着它所经历的一切，

想象着它是怎么形成的。

我了解到，当地球很年轻的时候——45 亿年前，它卷入了一场严重的天体**"车祸"**之中。

一颗比地球稍小的行星撞上了地球！

这次碰撞将数十亿吨熔岩送入轨道。

之后，这些岩石融合在一起形成了一个球体，

古罗马人称它为露娜（Luna），

而古希腊人将它唤作赛琳娜（Selena），

我们叫它**月球**。

对月球来说，这是一个动荡而**可怕**的时刻。

熔岩从地表以下**涌出**，像锅里的热汤一样填满了巨大的火山口。喷发气体的间歇泉将熔融的岩石球块射向天空。

地质学家常常说："**岩石有记忆。**"

地质历史记录在每一块石头中、每一种矿物里、每一条印痕下。

在接下来的四十亿年里，咕咕将会看到并记住许多事情。

他看到太阳从东方升起，**雄伟地**穿过天空，在西方落下。

偶尔，新形成的恒星发出炽热的**光芒**，

在天鹅绒般丝滑的黑色幕布上燃烧。

有的恒星从诞生到消失历经数百万年，

夜空中星座的形状也随之发生变化。

而那时，地球还能够不断**升起、下落**。

长达**五亿年**的混乱之后,月球才开始平静下来。

月壳冷却的同时,它的表面也开始破裂。

一块新鲜的玄武岩从一块大石头上**掉了下来**。

我叫他

"咕咕"。

六亿年过去了,一颗小行星忽然撞上了咕咕!咕咕高高飞起,以极快的速度被**抛向了**一个陨石坑。咕咕尽可能长时间屏住呼吸,但最终,他还是**掉了**下去。

他跳了一两下，最终在一个小陨石坑的边缘停下。

他落地时，右侧的一部分裂开了。

他所有的玄武岩老邻居都远远地落在了后面。

他不知道他们是被气化、熔化，还是像他一样被炸得很远。

咕咕陷入了**孤独**。

他花了大约五亿年的时间才走出这段经历，

又一次将目光投向天空。

地球还在那里。它仍处于一种可怕的**动荡状态**。火山把它的大气层染成灰黑的颜色,但当浓烟散去,咕咕可以看到新形成的蔚蓝海洋。

大陆有时从海里"**爬**"出来,

逗留一段时间,

然后再次"**滑**"到海中。

而地球上最早的复杂**生命形式**
正在大海的**深处遨游**。

又过去了十亿年……

现在的月球很安静,

什么也没有发生。

但在**地球**上，植物登上陆地。两栖动物出现了，冒险踏出海洋，最终学会了在陆地上生活。

恐龙在地球上漫游。

但几乎在咕咕注意到它们之前,恐龙就消失了。

这是地球历史的一个完整篇章。

一亿七千万年转瞬即逝!

当时的咕咕年纪不过三十五亿岁多一点,他开始感到困倦。

透过疲惫的眼睛,他瞥见了哺乳动物的崛起。

他看到地球在冰河时期变成了一个巨大的雪球。

就在睡意彻底降伏他之前,

他看见了一个两腿直立的新物种,

手里拿着以锋利燧石为刃的矛……

……惊奇地凝视着**月球**。

咕咕睡得很沉,

脚下的月球仍陪伴着地球走在围绕太阳的无尽旅程之中。

因此,他错过了人类文明不断续写的宏伟篇章。

他错过了柏拉图、
希帕提娅、查尔斯·达尔文
和玛丽亚·米切尔。

还有
康斯坦丁·齐奥尔科夫斯基
和贝西·科尔曼。

他错过了一个男孩的**出生**,

长大之后的男孩登上了飞往**月球**的火箭。

咕咕想不到,月球上的一个普通的清晨,

他的小睡会被**突然打断**。

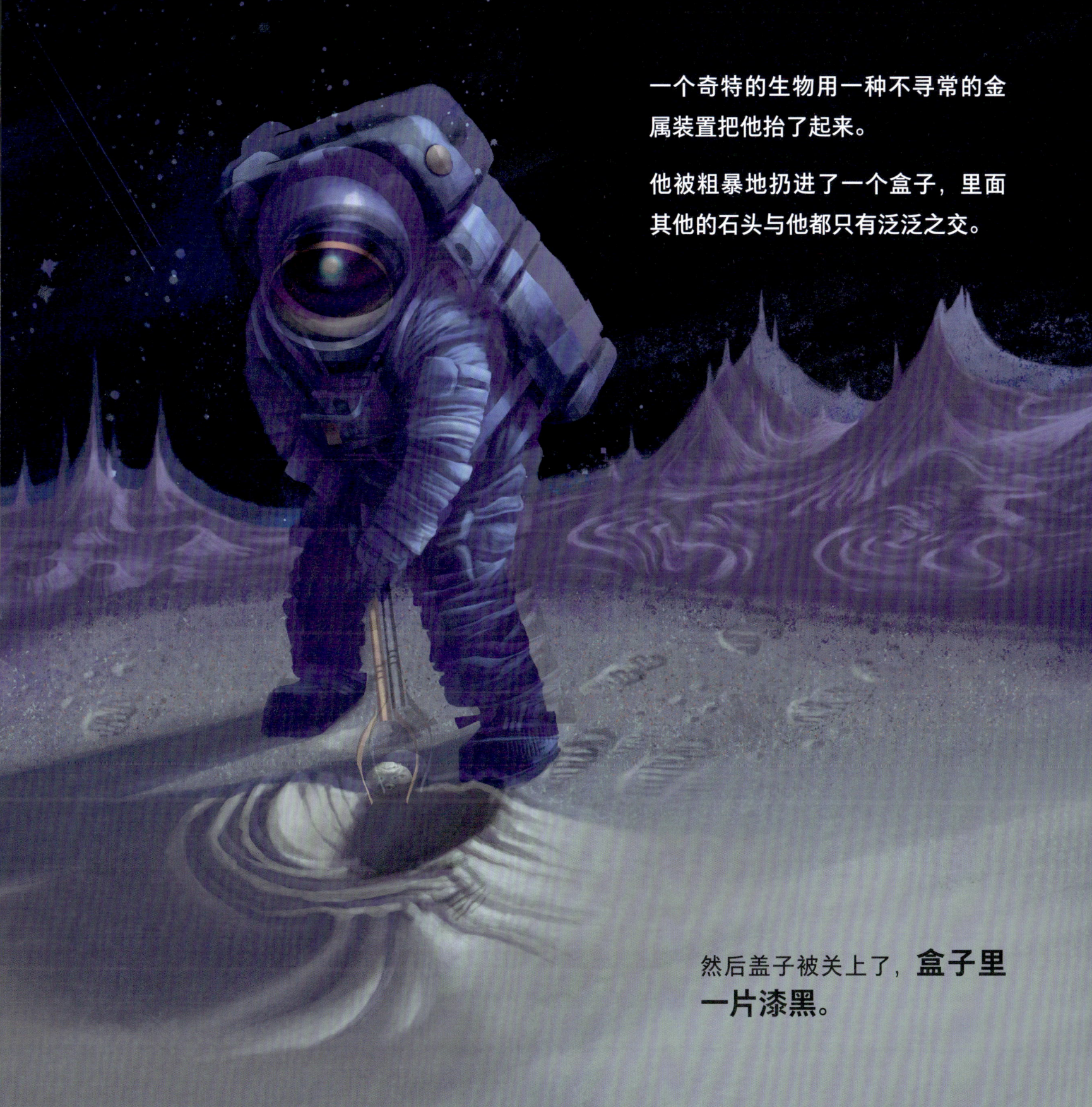

一个奇特的生物用一种不寻常的金属装置把他抬了起来。

他被粗暴地扔进了一个盒子,里面其他的石头与他都只有泛泛之交。

然后盖子被关上了,**盒子里一片漆黑。**

然后是一段时间的**失重**感。

一瞬之间,

咕咕感到自己被一种力量推起。

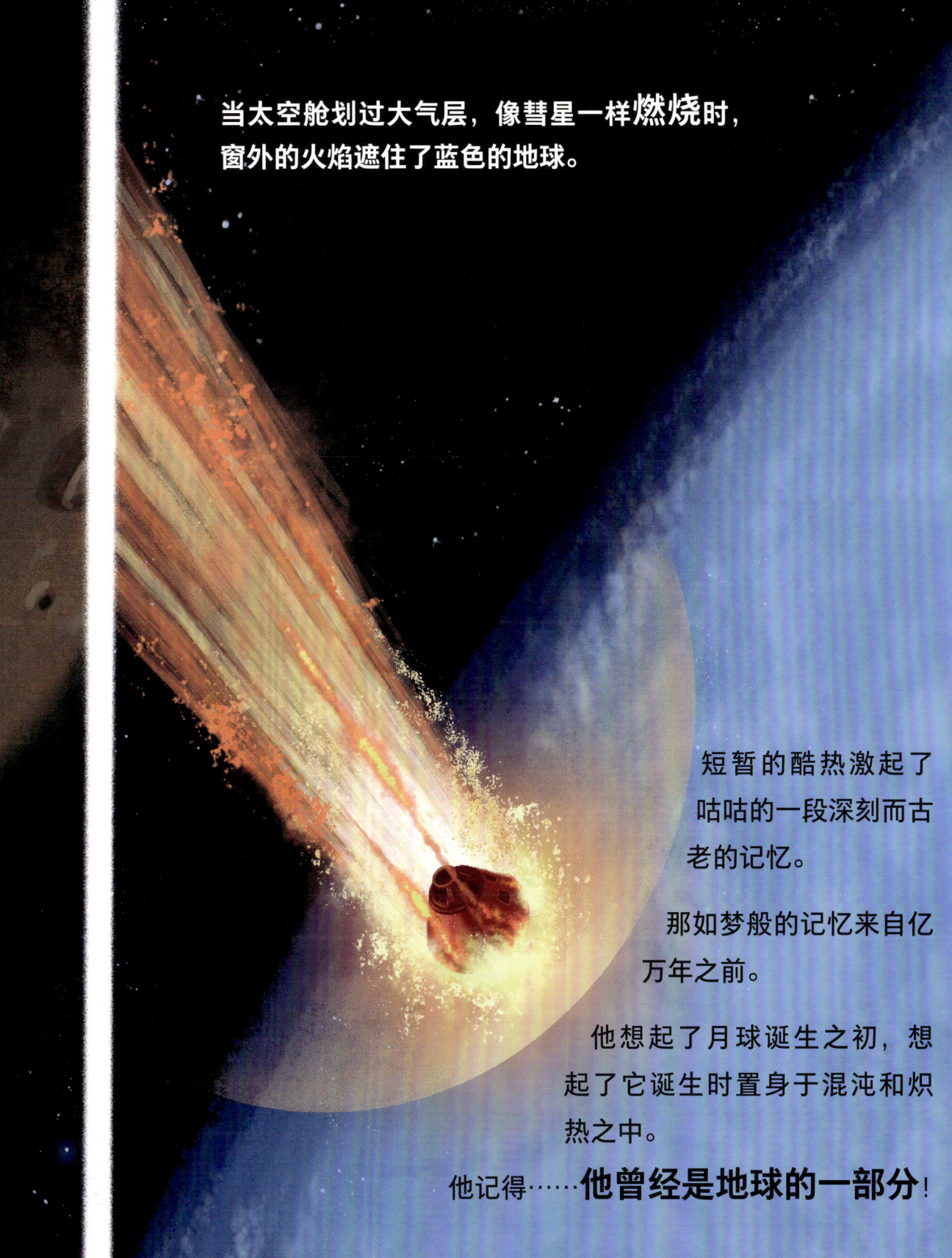

当太空舱划过大气层,像彗星一样燃烧时,窗外的火焰遮住了蓝色的地球。

短暂的酷热激起了咕咕的一段深刻而古老的记忆。

那如梦般的记忆来自亿万年之前。

他想起了月球诞生之初,想起了它诞生时置身于混沌和炽热之中。

他记得……**他曾经是地球的一部分**!

全世界数百万人都在观看。

他们屏住呼吸,直到看到太空舱挂在三个明亮的降落伞下缓缓下落,坠入大海的怀抱……

……舱里的所有人被安全送回他们这场惊心动魄的旅程的原点。

现在你知道了咕咕的一些历史。

你可以去美国的一座博物馆看他——或者说至少是他的一部分。你可以说，那是老咕咕的一块碎片！

也许你可以试着想象一下，

当他注意到我们正看着他时，他会想些什么？

他是否会把我们看作是他关注了这么久的地球上出现的新异事物？

或者像恐龙一样，只是另一个在亿万年的地质纪年中短暂存在的物种？

显然咕咕见多识广，一定很聪明。

但是如果你问他关于古埃及法老的问题，就不要屏住呼吸期待他的回答了。

那时他在睡觉，**错过了他们！**

月球

自从我们存在以来，月球就一直吸引着我们。它是地球唯一的天然卫星——唯一一颗非人造的绕地球运行的物体。尽管它像地球一样自转，但我们总是只能看到月球的同一面——因为它自转的速度与绕地球公转的速度相同。

许多科学家认为，月球是大约45亿年前一颗与火星尺寸相近的行星与地球相撞时形成的。撞击将岩石碎片喷射到太空中，这些碎片最终聚集在一起形成了我们的月球。起初那里火山活动频繁，熔岩一直在喷发。但经过数百万年，月球逐渐稳定下来，其表面变得平静。唯一的干扰是每当小行星或彗星撞击月球时，在月球表面形成像黑斑一样的撞击坑。如今我们仍然可以看到这些黑斑。

地球

我们的星球比月球年长约1亿年，是由较小的岩石碰撞并聚集在一起形成的。撞击产生了大量的热量，因而有一段时间地球是沸腾的熔岩海洋。但最终物质开始冷却，地壳在地球表面形成。水蒸气逸出，很快乌云密布，大雨倾盆。随着大气中水的倾泻，地壳进一步冷却并被淹没，形成了海洋。

地球上最早的生命是大约40亿年前发展起来的非常简单的有机体。它们在海洋中进化成更为复杂的生命形式，并最终登上了陆地。恐龙大约出现在2.47亿年前并主宰了地球，直到发生某种灾难。大多数科学家认为是一颗小行星击中了现在的墨西哥导致了这场灾难的发生。

恐龙灭绝之后，哺乳动物开始以新的方式演化发展。大约 30 万年前，智人或现代人行走在非洲的大草原上，从那时起，人类的足迹已经遍布全世界，并且掌握了各类知识，这要感谢哲学家柏拉图、数学家希帕提娅、博物学家查尔斯·达尔文、天文学家玛丽亚·米切尔、飞行员贝西·科尔曼、火箭科学家康斯坦丁·齐奥尔科夫斯基等伟人——甚至还有第一个登上月球的人尼尔·奥尔登·阿姆斯特朗。

注：

柏拉图：古希腊著名哲学家。

希帕提娅：古埃及数学家、天文学家，人类历史上第一位女数学家。

查尔斯·达尔文：英国生物学家、博物学家，著名理论"生物进化论"的提出者。

玛丽亚·米切尔：美国天文学家，第一位发现新彗星的女天文学家。

康斯坦丁·齐奥尔科夫斯基：俄国／苏联火箭科学家，现代火箭理论的提出者，被公认为"火箭之父"。

贝西·科尔曼：美国第一位非裔女飞行员。

这是我个人的一小步……

尼尔·奥尔登·阿姆斯特朗的月球之旅早在他登上宇宙飞船之前就开始了。他于1930年出生于美国俄亥俄州，当他父亲带他去看航空表演时，他第一次爱上了飞行。而到他16岁时，他已经获得了飞行员执照。

经历了大学生活，并在朝鲜战争中以战机飞行员身份参战之后，阿姆斯特朗成为了一名试飞员，测试当时正在研制的各种先进的飞机。但是阿姆斯特朗想要一个比这更刺激的挑战，1962年他向美国国家航空航天局申请成为美国太空项目中的宇航员。

1966年，他驾驶双子座8号宇宙飞船，实现了有史以来首次两个航天器在太空成功对接。但几分钟后，两艘宇宙飞船开始疯狂地旋转——阿姆斯特朗顶着巨大的离心力作用夺回飞船控制权，拯救了自己和两艘飞船中所有船员的性命。

安全返回地球后，阿姆斯特朗被派去负责"阿波罗11号"的任务，另外两名宇航员巴兹·奥尔德林和迈克尔·柯林斯也

加入其中。彼时的美国和苏联正在进行一场争先登上月球的竞赛。

1969 年 7 月 16 日,"阿波罗 11 号"从美国佛罗里达州肯尼迪航天中心发射升空。4 天后,"阿波罗 11 号"登月舱环绕月球 13 圈,成功降落在静海——这实际上是一个充满玄武岩的撞击坑,而不是实际的海洋。

7 月 20 日,阿姆斯特朗成为了第一个在月球上行走的人类,此时全世界有 6 亿人通过电视观看他们的实况。他的第一句话是:"这是我个人的一小步,却是人类的一大步。"

他和奥尔德林在月球上一同度过了 21 个小时,收集岩石带回地球进行研究——显然这其中包括咕咕。

1969 年 7 月 24 日,乘员们乘坐"阿波罗 11 号"的指挥舱,以英雄的身份在太平洋着陆,安全返回。

这是我个人的一小步……

……却是人类的一大步。

2006年,美国国家航空航天局宣布阿姆斯特朗为"探险大使",并向他赠送了他从月球带回的一小块岩石。在阿姆斯特朗的获奖感言中,他给这块石头起了一个名字——咕咕(Bok)——并想象了它在整个太阳系历史上所看到的所有令人惊奇的事情。阿姆斯特朗的妻子卡罗尔·阿姆斯特朗把它变成了这本书。咕咕现在在美国辛辛那提博物馆的自然历史和科学主题馆展出。

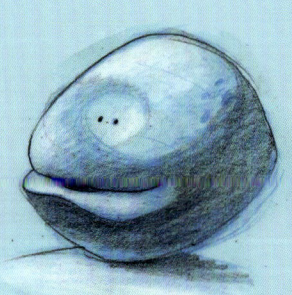

咕咕形象的早期草图

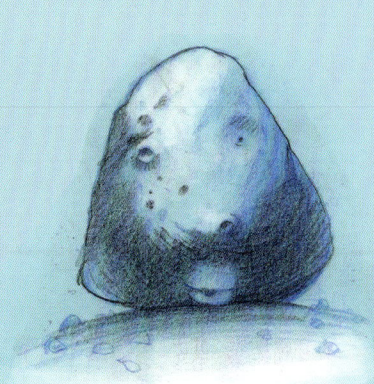

图书在版编目（CIP）数据

一块月球碎片的记忆 /（美）尼尔·奥尔登·阿姆斯特朗著；
刘博洋译；（英）格雷厄姆·贝克·史密斯绘. — 长沙：湖南
科学技术出版社，2023.3

书名原文：THE BOOK OF BOK
ISBN 978-7-5710-1901-3

Ⅰ.①一… Ⅱ.①尼…②刘…③格… Ⅲ.①儿童故
事—图画故事—美国—现代 Ⅳ.① I712.85

中国版本图书馆 CIP 数据核字（2022）第 217730 号

First published in Great Britain in 2021 by Wren & Rook
Original Text © 2006 Neil A. Armstrong Trust, Carol Held
Armstrong, Trustee
Original Text by Neil A. Armstrong, 18 April 2006
Adapted Text and Illustration by Grahame Baker Smith
Text Adaptation and Illustrations © 2021 Grahame Baker Smith
and 2006 Neil A.Armstrong Trust, Carol Held Armstrong,
Trustee Design copyright © Hodder & Stoughton Limited,
2021. All rights reserved.
版权所有，侵权必究
著作权合同登记号：18-2023-020

YI KUAI YUEQIU SUIPIAN DE JIYI
一块月球碎片的记忆

著　　者：[美]尼尔·奥尔登·阿姆斯特朗	印　　刷：长沙市雅高彩印有限公司
绘　　者：[英]格雷厄姆·贝克·史密斯	（印装质量问题请直接与本厂联系）
译　　者：刘博洋	厂　　址：长沙市开福区中青路 1255 号
出版人：潘晓山	邮　　编：410153
责任编辑：邹莉 刘羽洁	版　　次：2023 年 3 月第 1 版
出版发行：湖南科学技术出版社	印　　次：2023 年 3 月第 1 次印刷
社　　址：长沙市芙蓉中路一段 416 号泊富国际金融中心	开　　本：787mm×1092mm 1/12
网　　址：http://www.hnstp.com	印　　张：4
湖南科学技术出版社天猫旗舰店网址：	字　　数：10 千字
http://hnkjcbs.tmall.com	书　　号：ISBN 978-7-5710-1901-3
邮购联系：0731-84375808	定　　价：78 元

（版权所有·翻印必究）